幼兒全語文 階梯故事 系列

過冬

袁妙霞 著
野人 繪

園丁文化

冬天快到了。

燕子要到温暖的南方過冬。

燕子跟朋友說：「我要搬家了，
明年見。」

小蛇要到洞穴裏冬眠。

小蛇跟朋友說：「我要睡覺了，
明年見。」

冬天來臨，天氣寒冷，小朋友在堆雪人。

小朋友說：「我要回家了，明天見。」

導讀活動

 提問

 封面
1. 請說說圖中的景象。你猜這是什麼季節的景象呢？
2. 請把書名讀一遍。

 P2 ～ P3
1. 秋天過後，什麼季節會來臨？這個季節的天氣是怎樣的？
2. 燕子要離開自己的巢嗎？你是怎樣知道的？這與天氣有關嗎？
3. 你猜燕子要到較冷的地方還是較暖的地方過冬？

 P4
1. 燕子要搬家了。你猜燕子什麼時候會再回來？
2. 臨走前，燕子跟朋友說什麼？

 P5
1. 小蛇會像燕子那樣，到溫暖的南方過冬嗎？
2. 你猜小蛇會躲在哪裏過冬呢？

 P6
1. 小蛇要冬眠了。你猜小蛇什麼時候會醒過來？
2. 臨睡前，小蛇跟朋友說什麼？

 P7
1. 為什麼圖中的環境一片白茫茫？那是什麼東西呢？
2. 從周圍的環境和小朋友的衣着看來，你猜這時的天氣怎樣？
3. 小朋友在玩什麼？

 P8
1. 小朋友堆完雪人，你猜他們要到哪裏去？
2. 回家前，你猜小朋友們說什麼呢？

知識點

冬眠

冬天天氣寒冷，有些動物在冬天停止活動，躲在洞穴裏睡一個長覺，直到天氣回暖才醒過來，這種現象叫做「冬眠」。

冬眠的動物有青蛙、蛇、松鼠、刺蝟等。

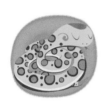   

候鳥

北方的冬天，天氣寒冷，有些鳥兒會飛到温暖的南方去，避過寒冷的天氣，這些鳥兒叫「候鳥」。

香港地處南方，冬天不算寒冷，所以，不少鳥兒會飛來香港過冬，在米埔自然保護區棲息。

字卡

 玩法

❶ 把字卡全部排列出來，伴讀者讀出字詞，請孩子選出相應的字卡。
❷ 請孩子自行選出多張字卡，讀出字詞並口頭造句。

燕子	朋友	溫暖
南方	過冬	小蛇
洞穴	冬眠	來臨
寒冷	堆雪人	明年

幼兒全語文階梯故事系列
第3級（中階篇）

《過冬》

©園丁文化

幼兒全語文階梯故事系列
第3級（中階篇）

《過冬》

©園丁文化

幼兒全語文階梯故事系列
第3級（中階篇）

《過冬》

©園丁文化

幼兒全語文階梯故事系列
第3級（中階篇）

《過冬》

©園丁文化

幼兒全語文階梯故事系列
第3級（中階篇）

《過冬》

©園丁文化

幼兒全語文階梯故事系列
第3級（中階篇）

《過冬》

©園丁文化

幼兒全語文階梯故事系列
第3級（中階篇）

《過冬》

©園丁文化

幼兒全語文階梯故事系列
第3級（中階篇）

《過冬》

©園丁文化

幼兒全語文階梯故事系列
第3級（中階篇）

《過冬》

©園丁文化

幼兒全語文階梯故事系列
第3級（中階篇）

《過冬》

©園丁文化

幼兒全語文階梯故事系列
第3級（中階篇）

《過冬》

©園丁文化

幼兒全語文階梯故事系列
第3級（中階篇）

《過冬》

©園丁文化